INSPEKTOR X

UND DIE SCHWARZE LILIE

Eine völlig unglaubliche Kriminalgeschichte
für Detektive ab 8 Jahren

von

Klaus-P. Weigand & Axel Dissmann

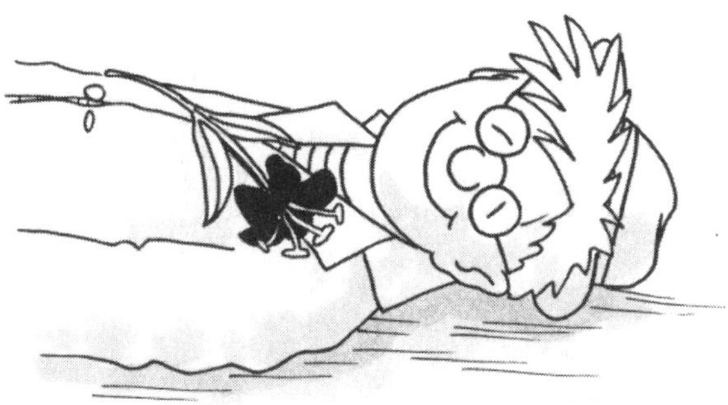

ISBN 3-8212-2392-8

Am Hehsel 40, 22339 Hamburg
Text: Klaus P. Weigand
Illustration: Axel Dissmann
Satz: waterkant, Hamburg
Printed in Germany

Inhaltsverzeichnis

1

Schwarze Blumen gibt es doch!

„Tante Ingrid hat heute Geburtstag! Wenn ich nur wüsste, was ich ihr schenken könnte!", sagte Inspektor X. Er und Wusch bogen um die Straßenecke in die Gustav-Hoch-Straße ein. Inspektor X mochte seine Tante gerne. Aber Geburtstagsgeschenke waren nicht seine Sache. „Lass Blumen sprechen!", sagte Wusch plötzlich, und das war die Idee! Natürlich! Was mochte die Tante lieber als einen bunten Blumenstrauß! Nach wenigen Schritten standen sie vor einem Blumenstand. „Deshalb hattest du diese Idee!", lachte Inspektor X. „Natürlich!", antwortete Wusch, „Ein guter Detektiv hält eben stets die Augen auf!"

Hier gab es alle Blumen, die man sich wünschen konnte. Inspektor X fiel die Entscheidung schwer. Er steckte seine Nase in eine große dunkelrote Rose und roch daran. „Großartig, dieser Duft!“, sagte er. Auch Wusch roch an einer kleinen Topfpflanze, die am Boden stand. „Hatschi!“, sagte er.

„Gesundheit!“, antwortete Inspektor X. Die Frau am Stand wurde langsam ungeduldig. „Welche sollen es denn nun sein?“, fragte sie. Ratlos zuckte Inspektor X mit den Schultern. „Na, welche Farbe sollen die Blumen denn haben?“, fragte die Frau. „Irgendetwas ganz Besonderes!“, sagte Inspektor X.

Nun wurde es der Frau aber zu dumm. „Ich habe Blumen in allen Farben, die es gibt“, sagte sie, „aber die Leute werden immer verrückter! Seit Neuestem wollen alle Leute schwarze Blumen! So was gibt es doch gar nicht!“ Inspektor X entschied sich für einen ganz normalen bunten Blumenstrauß. Er war wirklich sehr schön. „Schwarze Blumen!“, sagte die Frau noch einmal zu sich selbst und schüttelte den Kopf. Genau in diesem Moment blies der Herbstwind durch die Straße. Wusch schnupperte einen sehr außergewöhnlichen Duft, lief ihm hinterher und fing etwas auf. Es war ein Blumenblatt. Und es war schwarz!

Wo kommen die schwarzen Blätter her?

„Es gibt doch schwarze Blumen!“, sagte Wusch und sah gerade noch den Mann mit der Melone um die Ecke biegen. „Das glaube ich nicht!“,

sagte Inspektor X. „Aber das hier ist ein Blumenblatt, oder?“, fragte Wusch und schnupperte noch einmal daran. „Wie das duftet!“, sagte er. Dann musste er kräftig gähnen. Inspektor X und Wusch machten sich auf den Weg zu Tante Ingrid. Sie freute sich tatsächlich sehr über den Strauß und lud Inspektor X und Wusch zu Kaffee und Kuchen ein. „Sind wir denn die einzigen Gäste, Tantchen?“, fragte Inspektor X, und Tante Ingrid zuckte ratlos mit den Schultern.

„Eigentlich nicht!“, sagte sie. „Keine Ahnung, wo Petra bleibt! Dieses verrückte Huhn!“ Petra war Tante Ingrids beste Freundin. Ja, sie war wirklich ein verrücktes Huhn, voller Ideen und unternehmungslustig, aber unpünktlich war sie nie. „Hast du denn schon mal bei ihr angerufen?“, fragte Inspektor X, und Tante Ingrid machte große Augen: „Einmal? Ich habe schon zehn Mal bei ihr angerufen!“, sagte sie. „Niemand hebt ab. Bestimmt hat sie meinen Geburtstag vergessen!“ Das konnte sich Inspektor X nicht vorstellen. „Wann habt ihr euch denn das letzte Mal gesprochen?“, fragte Wusch.

„Na gestern!“, antwortete Ingrid, „Sie hat erzählt, dass sie ein ganz besonderes Geschenk für mich hat! Etwas, das es eigentlich nicht gibt!“ Inspektor X und Wusch sahen sich an und standen gleichzeitig auf. Da konnte etwas nicht stimmen! „Außerdem hat sie noch mein goldenes Feuerzeug!“, rief Tante Ingrid ihnen nach. Petra wohnte nur ein paar Straßen weiter. Die Haustür stand offen und Inspektor X und Wusch stiegen die Treppen des Hausflures hinauf in den dritten Stock. „Hier ist es!“, sagte Inspektor X und drückte die Klingel. Aber niemand öffnete. „Hier stimmt was nicht!“, sagte Wusch.

Was stimmt hier nicht?

PETRA
GIESEL
Familie
NEBEL
LISA
BREHM

„Da hat jemand das Schloss abgeschraubt! Warum wohl?“, sagte Wusch. Der Fall war klar. „Hier ist eingebrochen worden, Wusch!“, sagte Inspektor X. Er nahm Anlauf und warf sich gegen die Tür, die krachend aufsprang.

Inspektor X und Wusch liefen eilig durch die Wohnung. „Petra?“, riefen sie abwechselnd. Keine Antwort. Inspektor X lief durch den Flur in die Küche, Wusch ins Wohnzimmer. Von Petra keine Spur. Aber was für eine Unordnung! Alle Schubladen waren aus den Schränken gerissen und ihr Inhalt lag kreuz und quer herum.

„Wusch, hier!“, rief Inspektor X plötzlich. Er war im Schlafzimmer, das ebenfalls völlig zerwühlt war. Hier lag Petra. In ihrem Bett. Inspektor X und Wusch blieben erstarrt stehen. Kein Mucks war zu hören, nur das leise Schnarchen von Petra. „Dem Himmel sei Dank, sie schläft nur!“, sagte Inspektor X und versuchte sie aufzuwecken. Aber das ging nicht. Aus irgendeinem Grund schlief Petra so fest wie ein Murmeltier. „Peeetraaaa!“, rief Inspektor X, doch als Antwort war nur ihr Geschnarche zu hören. „So fest kann man doch gar nicht schlafen!“, sagte Inspektor X.

„Inspektor X!“, sagte Wusch aufgeregt, „Schau dir das mal an!“ Er deutete auf Petras Nachttisch. Dort stand, in einer Vase, wunderschön anzusehen, eine schwarze Lilie. „Eine schwarze Lilie!“, sagte Inspektor X nachdenklich wie zu sich selbst. Wusch sprang auf den Nachttisch und schnupperte an der Blume. „Seltsam!“, sagte er, „Sie riecht gar nicht! Sie hat ihren ganzen Duft schon verströmt!“ Inspektor X sah sich die Blume genau an. Dann sagte er: „Ich glaube, Tante Ingrid hat ganz schön Glück gehabt!“

Wieso hat Tante Ingrid Glück gehabt?

Für Ingrid

„Der Blumenstrauß war natürlich für sie!“, sagte Inspektor X und deutete auf das Blumenpapier, das Petra nur heruntergeschoben hatte. „Petra wollte nur ein Mittagsschläfchen machen, ehe sie zu Ingrid ging. Sie stellte die schwarze Lilie ins Wasser und zog das Papier herunter, um sie anzusehen! Schließlich sieht man schwarze Lilien nicht alle Tage!“ Wusch verstand seinen Freund noch immer nicht. „Ja und?“, fragte er. Inspektor X sah Wusch scharf an: „Das schwarze Blumenblatt, vorhin, in der Gustav-Hoch-Straße, erinnerst du dich? Du hast doch an ihm gerochen?“ Wusch verdrehte begeistert die Augen.

„Was für ein großartiger Duft!“, sagte er. Inspektor X dachte scharf nach. „Und dann musstest du gähnen! Erinnerst du dich?“, sagte er. Jetzt verstand Wusch: „Du meinst, dass die schwarze Lilie einen einschläfernden Duft verströmt?“ Inspektor X zuckte mit den Schultern: „Ich bin mir nicht sicher. Aber es ist auf alle Fälle eine Möglichkeit!“ Vorsichtig nahm er die Lilie aus der Vase und wickelte sie in das Papier. Dann rief er die Polizei an und meldete den Einbruch. Außerdem rief er Tante Ingrid an und sagte ihr, dass Petra, Wusch und er heute nicht mehr kommen konnten.

„Wir feiern deinen Geburtstag nach!“, sagte er, „Wie wäre es am Mittwoch?“ Das passte Tante Ingrid sehr gut. Dann fragte sie Inspektor X noch nach ihrem goldenen Feuerzeug: „Da steht mein Name drauf!“, sagte sie. Inspektor X brauchte sich nicht umzusehen. „Tut mir Leid, Tantchen! Hier ist nichts Goldenes mehr!“ Liebevoll schauten sie noch einmal nach Petra, die glücklich und zufrieden schlummerte. Dann machten sich Inspektor X und Wusch auf den Weg. „Weißt du, was das ist?“, fragte Wusch, und Inspektor X musste lachen: „Der Beginn eines neuen Abenteuers!“, sagten sie zusammen.

Wohin gehen Inspektor X und Wusch?

PENSION WEITBLICK
ZIRKUS ROLLO
Bundesstraße
Autobahn
Professor Kniff Erfindungen
Autoreparatur KRÖMIG
3Zi-Wohnung gesucht!
neu Bistro Kalli
IM KONZERT Maurizio Mollini
INGOS PUPPEN-THEATER

2

Besuch bei einem Freund und eine erste Spur

Professor Kniff freute sich über den Besuch. „Ähm ...“, sagte er. Inspektor X drückte ihm freundlich die Hand und gab ihm die schwarze Lilie. „Für ... ähm ... mich?“, fragte der Professor erstaunt, aber Wusch schüttelte lachend den Kopf: „Leider nur zur Untersuchung!“, sagte er. Der Professor seufzte: „Schade, schade! Übrigens sehr dings! Ähm, interessant! Schwarze Lilie! Erstaunlich!“ Mit diesen Worten verschwand er im Labor. Inspektor X und Wusch schauten sich in der Erfinderwerkstatt um.

Einfach unglaublich, was bei dem Professor alles zu finden war. Vielen Dingen war ihre Besonderheit nicht anzusehen. „Ein Wecker!“, rief Inspektor X erfreut, und nahm ihn in die Hand. „Den können wir bestimmt gut gebrauchen!“ Genau in diesem Moment öffnete sich das Zifferblatt, ein kleiner Boxhandschuh schoss heraus und traf Inspektor X direkt auf die Nase. „Aua!“, rief er und ließ den Wecker sofort fallen. „Na, aufgewacht?“, lachte Wusch. Er setzte sich gerade einen Fahrradhelm auf, an dem sich eine ganze Menge geheimnisvoller Knöpfe befanden.

„Soll ich?“, fragte Wusch und drückte mutig auf den ersten Knopf. Es war der rote. Zwei Flügel schnellten aus dem Helm, ein kleiner Feuerstrahl zischte hinten heraus, und Wusch flog durch die Werkstatt wie eine wild gewordene Wespe. „Aaaaaaahhhhh!“, rief er aufgeregt, doch der Helm flog nirgendwo dagegen. Professor Kniff kam aus seinem Labor gerannt: „Keine Dings! Ähm, Panik!“, rief er und holte Wusch mit einer Fernbedienung wieder heil auf den Boden zurück. „Alles bestens!“, lächelte er. Da machte Inspektor X eine hochexplosive Entdeckung.

Was hat Inspektor X entdeckt?

HCL
Hochexplosiv
H_2O
PHYSIK III
CHEMIE

„Hochexplosiv?“, rief Inspektor X, aber der Professor blieb sehr gelassen. „Damit überprüfe ich nur die Lilie nach einer ganz bestimmten

Dings!“, sagte er. „Ähm, Substanz!“ Doch da geschah es! Mit einem Riesenknall explodierte die Lilie. Oder besser gesagt: Das ganze Labor! Blitzschnell warfen sich Inspektor X, Wusch und der Professor auf den Boden. Alles, was eigentlich nicht fliegen sollte, schoss aus dem Labor heraus in die Werkstatt: Reagenzgläser, Regalteile, Bücher und die Labortür.

„Sehr interessant!“, sagte Professor Kniff, „Das hätte ich nicht für möglich gehalten! Ähm.“ Inspektor X und Wusch sahen sich verdutzt an: Was für ein seltsamer Herr der Professor doch war. Da klingelte das Telefon. Der Professor war kurz angebunden, er sagte nur „Aber ja!“ und legte den Hörer wieder auf. „Mein Nachbar! Ich soll bitte etwas leiser sein!“, sagte er schmunzelnd. „Diese Anrufe bekomme ich seit meinen Schülertagen. Damals hatte ich einen Experimentierdings! Ähm, Kasten!“, lächelte der Professor.

Dann sah er Inspektor X und Wusch an: „Es ist Schnarchum Arabicum! In der Lilie! Ein sehr seltenes und sehr starkes Dings!“ Inspektor X und Wusch verstanden kein Wort. „Wenn man es riecht, schläft man ein. Nicht sofort, aber dann ... ähm ... fest!“, erklärte der Professor weiter. Inspektor X hatte gespannt zugehört. „Und dieses Arabicum, Professor, kann man es herstellen?“ Professor Kniff schüttelte den Kopf: „Unmöglich! Meines Wissens gibt es nur eine einzige Insel, wo dieses Dings wächst. Wie hieß sie noch ... ähm ... Satoba, glaube ich.“ Der Professor rollte eine Landkarte auf.

Können Inspektor X und Wusch die Insel Satoba auf der Karte entdecken?

Wintu-See
Wüste Salmatech
Salmabim Gebirge
Salma-Bucht
Kologa
Somboli
Malgatar
Sagari
Antabo

„Nicht zu finden!", sagte Inspektor X, „Leider hat die Explosion die Karte unbrauchbar gemacht!" Der Professor runzelte die Stirn: „Wahrscheinlich! Ich bin sicher, die Insel war einmal eingezeichnet!" Für Inspektor X und Wusch wurde es Zeit, sich auf den Weg zu machen. Das war auch dem Professor sehr recht: „Ich muss ein klein wenig aufräumen", sagte er. Inspektor X und Wusch nahmen sich die Flughelme mit, die sich per Knopfdruck auf Golfballgröße verkleinern ließen. Außerdem nahmen sie den Wecker und einen Schlossknacker mit, der wie ein Dosenöffner aussah. „Viel ähm!", rief der Professor aus dem Labor, von dem nicht allzu viel übrig geblieben war. Inspektor X und Wusch wussten, dass er ‚Glück' meinte.

Gerade hatten Inspektor X und Wusch Kniffs Werkstatt verlassen, da brauste ein großer Lastwagen an ihnen vorbei. „Sieh doch,

Inspektor X!", rief Wusch, „Der Fahrer!" Er trug eine schwarze Melone auf dem Kopf und kam Inspektor X und Wusch irgendwie bekannt vor. „Christian Kreufs – Lilienkönig – Echterdingen – Holland", las Inspektor X den Schriftzug auf dem Wagen. Daneben war eine Blume aufgemalt. Eine ganz besondere Blume. Es war eine schwarze Lilie! „Los, hinterher!", rief Wusch und raste los. Inspektor X kam kaum hinterher.

Der Wagen fuhr mit einer irren Geschwindigkeit. Er raste über den Beethovenplatz, die Wilhelmsbader Allee hinauf und bog dort Richtung Marktplatz ab. „Er fährt auf den Blumenmarkt!“, japste Wusch. Inspektor X nickte: „Los, weiter!“ Auf dem Blumenmarkt tobte das Leben. Blumen wurden in großen Mengen verkauft und gekauft. Es war ein einziges Menschengewimmel. Inspektor X und Wusch sahen sich um. „Irgendwo muss er doch sein! Man kann doch so einen großen Lastwagen nicht einfach verschwinden lassen!“, sagte Inspektor X.

Wo ist der Lastwagen?

Meyers
Grüne Welt
BLUMEN
HANSEN

„Da vorne in der Garage!“, rief Wusch und deutete auf den Mann mit der Melone. Er schloss gerade das Garagentor ab. Inspektor X und Wusch rannten los. Dabei stieß Inspektor X aus Versehen mit einer Blumenfrau zusammen, die vor Schreck alle Blumen fallen ließ.

„Unverschämtheit!“, rief die Frau, „Hier ist doch keine Rennstrecke!“ Damit hatte sie natürlich Recht. Auch Wusch kam zurückgelaufen, um seinem Freund beim Einsammeln der Blumen zu helfen. „Tut mir Leid!“, sagte Inspektor X, und die Dame beruhigte sich wieder.

Als Inspektor X und Wusch an der Garage ankamen, war Melone natürlich längst verschwunden und das Garagentor war fest

verschlossen. Wusch zog den Schlossknacker aus Professor Kniffs Werkstatt unter seiner Mütze hervor. „Müsste funktionieren!“, sagte Wusch und betrachtete das Schloss.
Inspektor X schaute sich vorsichtig um, ob sie beobachtet wurden, dann nickte er Wusch zu. Es dauerte nur eine Sekunde und das Tor war offen. Schnell huschten sie in die Garage. Tatsächlich! Hier stand der Lastwagen, den Inspektor X und Wusch verfolgt hatten. Außerdem standen hier eine ganze Menge Container.

„Leise!“, zischte Wusch gerade noch, schon kam der Mann mit der Melone um die Ecke und holte einen der Container ab. Inspektor X und Wusch schlichen ihm vorsichtig nach. Die Melone schob den Container aus dem Hintereingang der Garage auf ein Flugfeld, wo ein kleines Flugzeug wartete. „Wetten, die fliegt nach Holland?“, flüsterte Inspektor X und Wusch nickte: „Zu Christian Kreufs, dem Lilienkönig! Den sollten wir uns mal genauer angucken! Aber wie kommen wir in das Flugzeug?“ In diesem Moment kam Melone zurück.

Wie kommen Inspektor X und Wusch mit?

Christian Kreufs
LILIENKÖNIG
Echterdingen-Holland

3

Alte Bekannte wird man nicht los

Inspektor X und Wusch sprangen einfach in den hinteren Container, der als Einziger geöffnet war. Vorsichtig schloss Inspektor X von innen

den Deckel, gerade noch rechtzeitig, ehe Melone den Container wie selbstverständlich zum Flugzeug schob. Der Flug dauerte nicht lange und Inspektor X und Wusch gaben keinen Mucks von sich, als ihr Container wieder ausgeladen wurde. Sie warteten eine Weile, dann drückte Inspektor X vorsichtig den Deckel nach oben. Neugierig linsten Wusch und er aus dem Container.

Seltsame, gleichmäßige Geräusche waren zu hören. „Wo sind wir denn hier gelandet?“, flüsterte Wusch und Inspektor X antwortete mit einem Schulterzucken. Vorsichtig kletterten sie aus dem Container. Alles hier war aus Holz und das Gebäude war fast so hoch wie ein Turm. Als Inspektor X aus dem Fenster sah, flog etwas vorbei, und noch einmal und noch einmal. „Ich hab’s!“, rief er und hielt sich sofort die Hand vor den Mund: „Eine Windmühle! Wir sind in einer Windmühle!“ Plötzlich waren Stimmen zu hören, Schritte kamen näher. „Verstecken!“, zischte Wusch.

„Es ist meine Entdeckung!", rief eine dunkle Männerstimme, die Inspektor X und Wusch wohl bekannt war. Sofort zog ihnen dieser widerliche, süßliche Duft in die Nase. So roch nur einer. „Charlie Klamotte!", sagten sie gleichzeitig. Nein, Charlie war ihnen nicht unbekannt. Als mächtigster Gangsterboss der Unterwelt hatte er es zu trauriger Berühmtheit gebracht. So gefürchtet wie er selbst war auch sein Rasierwasser. Nur Charlie alleine kannte die Mischung, denn er mixte diese Bedrohung für jede Nase höchstpersönlich. Aber was um alles in der Welt machte Charlie in einer Windmühle?

Wofür benutzt Charlie die Windmühle?

„Sieh dir das an!“, flüsterte Wusch, „Die Lilien! Sie werden in das Bad getaucht!“ Inspektor X nickte: „Schnarchum Arabicum!“ Melone übertölpelte den Mann, mit dem Charlie Krach hatte.

„Ich will mein Geld! Ich habe pünktlich die Lilien geliefert“, rief er, „ich bin der Lilienkönig!“ Charlie lächelte ihn müde an. „Ich pflege nicht zu zahlen!“, sagte er, „Niemals! Außerdem weiß ich etwas viel Besseres!“ Er gab Melone ein eindeutiges Zeichen. Inspektor X sprang auf: „Er will Kreufs in das Schnarchum Arabicum tunken!“, zischte er aufgeregt. So war es. Charlie konnte darüber Tränen lachen.

„Hihihi, stellen Sie sich das nur vor, Kreufs! Wer an Ihnen riecht, schläft ein, a-hahahaaa!" Wusch konnte Inspektor X nicht zurückhalten. Es ging alles viel zu schnell. Inspektor X rannte auf Klamotte zu und rief: „Du wirst gar nichts tun, Charlie!" Und tatsächlich: Es schien zu funktionieren! Charlie war völlig überrascht und wäre bestimmt zu übertölpeln gewesen. Doch plötzlich war eine andere Stimme zu hören. Eine Mädchenstimme! „Hallo, Inspektor X! Schön, Sie wieder einmal zu sehen!", sagte sie. Inspektor X blieb sofort wie angewurzelt stehen. Es war Natascha. Charlies Tochter.

Sie ging direkt auf Inspektor X zu und er sah sie mit offenem Mund an. „Ich weiß genau, was Inspektor X jetzt denkt!“, schoss es Wusch durch den Kopf: „Meine Güte, ist sie schön!“ Und genau im gleichen Moment flüsterte Inspektor X: „Meine Güte, ist sie schön!“ Wusch verdrehte die Augen. Das durfte doch nicht wahr sein! Natascha nahm hinter ihrem Rücken eine Lilie hervor. „Für dich!“, sagte sie. Es war eine schwarze Lilie. Aber Inspektor X hatte nur Augen für Natascha. Er nahm ihr die Lilie aus der Hand, ohne sie anzusehen. Wusch sah sich fieberhaft um. Er musste irgendetwas unternehmen!

Welchen Strick soll Wusch lösen, um Klamotte außer Gefecht zu setzen?

Wusch hatte keine Zeit zu verlieren. Er entschied sich für den Strick am linken Haken und löste ihn. O nein! Es war genau der falsche! Der Mehlsack sauste von oben herunter auf den Boden und wirbelte viel Staub auf. Inspektor X ließ sich davon nicht beirren. Verträumt sah er noch immer in Nataschas Augen und roch voller Dankbarkeit an der schwarzen Lilie.

„Nein!“, entfuhr es Wusch. Er rannte los, um Inspektor X zu warnen. Doch Melone war schneller. Von irgendwo hatte er sich ein Netz gegriffen und warf es über Wusch. Der hatte keine Chance. Keine Frage: Jetzt waren sie beide in der Falle!

Inspektor X war längst in die Knie gegangen und in einen tiefen Schlaf gefallen. Selbst jetzt hatte er noch dieses Lächeln auf den Lippen.

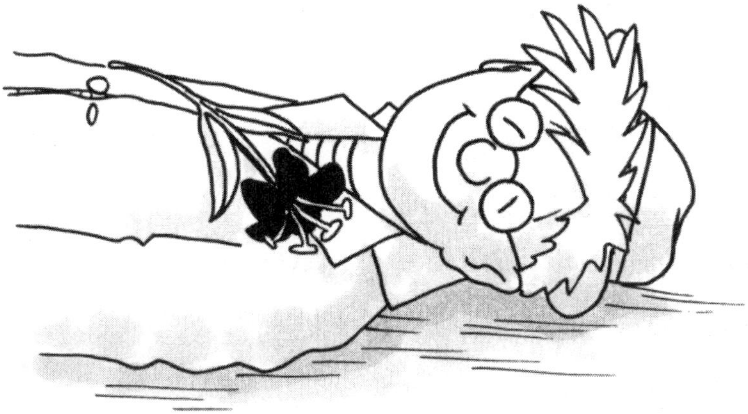

Bestimmt träumte er von Natascha! Charlie Klamotte lachte Tränen: „Dieser Hobbydetektiv und sein Köter! Immer wieder eine Freude! A-hahaaa!“ Er beugte sich hinunter zu Wusch: „Aber diesmal stören Sie meinen Plan nicht! Verstanden? Diesmal wird der gute Charlie reich! Unermesslich reich!“ Charlie streckte seine geballten Fäuste zum Himmel. „In ein paar Tagen gehört mir die Welt!“, rief er so laut, dass es im Gebälk knarzte. „Ist ja gut, Papa!“, sagte Natascha, „Wir müssen jetzt endlich los!“

Diese Worte brachten Charlie wieder zur Vernunft. „Du hast ja Recht, mein Täubchen!“, sagte er. Natascha hielt Wusch die schwarze Lilie direkt vor die Nase. Er musste daran riechen und schlief augenblicklich ein. Inspektor X wurde von einem dumpfen, festen Schlag auf die Nase geweckt. Verschwommen sah er den Boxhandschuh, der aus dem Wecker geschnellt war. Dann erkannte er die Situation. Lilienkönig Kreufs, Wusch und er hingen zwischen den Lilien und waren auf dem direkten Weg ins Tauchbad. Eilig drückte Inspektor X den Kniffomat, um den Professor zu rufen. Es war knapp. Sehr, sehr knapp!

Kommt Hilfe?

Als wäre es selbstverständlich, stieg Professor Kniff aus dem Kanaldeckel, ging zu der Maschine und stoppte sie. Inspektor X atmete erleichtert durch. „Danke, Professor!“, sagte er. Aber der Professor war in Gedanken ganz woanders. Er steckte den Finger in die schwarze Flüssigkeit des Tauchbades und schleckte ihn ab.

„Sehr interessant!“, sagte er, „Fast reines Schnarchum Arabicum. In dieser Form völlig ungefährlich! Funktioniert nur zusammen mit den Dings! Ähm ... Lilien!“

Lilienkönig Kreufs stieg aus dem Bad und ging wortlos davon.

„Herr Kreufs!“, rief Inspektor X, „Wo wollen Sie denn hin?“

„Duschen!“, rief er von draußen. Schon war er weg. Auch der Professor war in Eile und verabschiedete sich. „Ich ... ähm ... die Arbeit ruft!“, sagte er und wollte schon gehen. Da sah er, dass Wusch noch immer tief und fest schlief.

Er nahm den Wecker, hielt ihn Wusch ans Ohr und drückte einen Knopf. „Miau!“, tönte der Wecker und Wusch schlug hellwach die Augen auf. „Ist es nicht eine sehr praktische Dings?! Ähm, Erfindung?“, schmunzelte der Professor stolz. Er winkte Inspektor X und Wusch noch einmal zu, und schon war er verschwunden.

Inspektor X und Wusch wollten die Mühle gerade verlassen, als Wusch eine Tür mit der Aufschrift ‚Büro' auffiel. „Klingt irgendwie interessant!", sagte er. Natürlich war die Tür verschlossen, aber Wusch löste das Problem ruckzuck mit Kniffs Schlossknacker. Es war tatsächlich ein Büro. Und was für eines! Alles lag kreuz und quer herum und es roch widerlich süß hier. „Es ist eindeutig Charlies Büro!", sagte Inspektor X. Da entdeckte er in der Ecke eine zusammengerollte Landkarte. „Sehr interessant!", sagte er und breitete sie aus.

Wo wollen Inspektor X und Wusch hin?

Wintu-See
Kologa
Somboli
Lassalo
Salma-Bucht
Satoba!
Wüste Salmatech
Schnarchum
Malgatar
Salmabim
Antabo

4

Alles schläft und keiner wacht

„Auf nach Satoba!“, sagte Inspektor X. Die Windmühle stand abseits der Stadt, irgendwo in der Einsamkeit. Inspektor X und Wusch sahen sich um. Hier gab es eigentlich nichts. Nichts außer einer kleinen Landebahn, die Charlie für seine kleinen Flugzeuge angelegt hatte. Da entdeckte Wusch im Graben ein altes verrostetes Fahrrad.

„Schätze, das hat auf uns gewartet!“, sagte er, und tatsächlich, es funktionierte. Quietschend und ohne Luft in den Reifen näherten sich Inspektor X und Wusch der Stadt. „Irgendetwas stimmt hier nicht!“, sagte Inspektor X, als sie an den ersten Häusern vorbeifuhren.

„Kein Mensch ist auf der Straße!“, sagte Wusch, „Ganz schön verschlafen, das Nest!“ Schließlich erreichten sie den Bahnhof. Auch der war leer und verlassen. „Ob am Fahrkartenschalter jemand ist?“, sagte Wusch mehr zu sich selbst und sprang nach oben an das Fenster. Tatsächlich, hier war ein Beamter. Sein Kopf lag auf den verschränkten Armen und er schnarchte, dass man es durch die Sicherheitsscheibe hindurch hören konnte. Neben ihm stand, in einem Wasserglas, eine schwarze Lilie.

„Hier war Charlie auch schon!“, sagte Inspektor X, doch Wusch schoss ein ganz anderer Gedanke durch den Kopf.

„Inspektor X“, sagte er nachdenklich, „ich glaube, der ganze Ort schläft! Deshalb haben wir niemanden getroffen!“ Inspektor X wurde etwas blass um die Nase. „Du meinst, Charlie hat heute ganz Echterdingen eingeschläfert und ausgeraubt?“, sagte er ungläubig. „Ich glaube schon!“, antwortete Wusch und sprang auf den Boden. „Mal sehen, ob überhaupt ein Zug fährt!“, sagte er und lief auf den Bahnsteig. Auch hier war niemand. Wusch hörte ein entferntes Brummen. „Der Zug kommt!“, rief Inspektor X erfreut. Es stimmte. Der Zug brauste heran. Sehr schnell. Inspektor X und Wusch blieb fast das Herz stehen.

Warum rast der Zug durch den Bahnhof?

„Der Lokomotivführer schläft!", riefen Inspektor X und Wusch zusammen, und schon war der Zug durch den Bahnhof gebraust. Ohne lange zu überlegen reichte Wusch Inspektor X den Flughelm. „Wir müssen ihn stoppen!", rief er und beide starteten. Tatsächlich holten sie die

Lokomotive ein. Inspektor X und Wusch sprangen durch das Seitenfenster und versuchten den Lokführer zu wecken.
Doch alles Rütteln half da nichts.
Plötzlich war ein lautes Hupen zu hören und auf der Anzeige der Lokomotive blinkten alle roten Warnsignale auf einmal. Inspektor X zog den Geschwindigkeitshebel zurück.

Der Zug verlangsamte jetzt zwar seine Fahrt, aber die Warnsignale hörten nicht auf. Wusch sah nach vorne aus dem Fenster. „Uns kommt ein Zug entgegen!“, rief er, „Den Rückwärtsgang, Inspektor X, schnell!“ Es war haarscharf. Wusch startete seinen Helm,

flog hinüber in die andere Lokomotive und zog auch dort den Geschwindigkeitsregler nach unten. Als beide Züge schließlich zum Stehen kamen, waren sie genau dort, wo sie losgefahren waren: im Bahnhof von Echterdingen. „So wird es nichts mit unserer Reise nach Satoba!“, sagte Inspektor X. Da hörten sie über sich das Brummen eines Flugzeugs.

Gleichzeitig starrten sie nach oben. „Offenbar ein Pilot, der noch keine schwarze Lilie hat!“, sagte Inspektor X. Auch wenn man mit den Flughelmen keine allzu weiten Strecken fliegen konnte, um in den Himmel zu düsen, waren sie genau richtig! Der Pilot des kleinen Flugzeugs staunte nicht schlecht, als es plötzlich an der Beifahrertür anklopfte. „Nehmen Sie uns mit?“, rief Inspektor X. Der Pilot nickte und öffnete die Tür. Inspektor X und Wusch stiegen ein. Erst jetzt sah Inspektor X, dass es kein Pilot war, sondern eine Pilotin. „Irgendwie kommt sie mir bekannt vor!“, dachte er.

Kennen Inspektor X und Wusch die Pilotin?

„Meine Güte, das Muttermal!“, schoss es Wusch durch den Kopf. Er hatte es schon einmal gesehen, aber wo? Dann roch er es! Ganz schwach, aber unverkennbar! Dieser süßliche Geruch von Charlie Klamotte! Aber das ist doch ... natürlich! Charlies Tochter Natascha! Inspektor X ahnte nichts, da war sich Wusch sicher. Er plauderte unbefangen mit der Pilotin oder schaute zum Fenster hinaus. Wie konnte er ihn warnen?

Inspektor X war gerade dabei, Natascha alles zu erzählen! Dass ganz Echterdingen eingeschlafen war wegen einem Gangsterboss mit Namen Charlie Klamotte ... Es war zum Haareraufen!

Nach einer Weile überflogen sie die Wüste Salmatech. Von hier oben konnte man deutlich eine lange Schlange von Lastwagen sehen, die hintereinander herfuhren. Auf einmal sagte

Natatscha: „In diesen Wagen lässt mein Vater seine Reichtümer transportieren! An einen sicheren Platz!“ Wusch verdrehte die Augen: „Reichtümer ist schön gesagt! Sie meinen wohl das Diebesgut, Natascha!“ Inspektor X verstand nicht sofort. Erst starrte er Natascha an, dann schaute er fragend hinunter zu Wusch. Es war, als wollte er es einfach nicht wahrhaben.

Im selben Moment zog Natascha einen Hebel am Armaturenbrett. Sofort legten sich Handschellen um die Handgelenke von Inspektor X und Wusch. Sie waren an ihre Sitze gefesselt. Jetzt endlich begriff auch Inspektor X! „Du, Natascha?“, sagte er mit Glanz in den Augen. „Ja, ich!“, lachte Natascha und sicherte den Fallschirm auf ihrem Rücken. Dann öffnete sie die Tür auf ihrer Seite. „Ich muss euch jetzt leider alleine lassen. Tut mir echt Leid, Inspektor X!“, sagte sie und gab Inspektor X einen Kuss auf die Wange. Dann sprang sie ab.

Was können Inspektor X und Wusch tun?

MIAU

5

Eine Insel mit zwei Bergen

„Meine Güte, ist sie süß!“, sagte Inspektor X. Wusch stellten sich die Nackenhaare auf. Die Maschine verlor schnell an Höhe. Längst waren sie über dem großen Ozean hinter der Wüste. „Inspektor X!“, rief er, „Du musst den Hebel wieder umstellen! Schnell!“ Inspektor X versuchte es. Aber so sehr er seinen Kopf auch verdrehte, er kam damit nicht an den Knopf. Die Maschine ging in den Sturzflug über, Wusch stieß mit seiner Mütze gegen eine Lehne. Plötzlich erklang ein „Miau!“ „Der Wecker!“, schoss es Wusch durch den Kopf. Er hatte ihn unter seiner Mütze. Er schüttelte wild den Kopf und der Wecker fiel herunter. Der Boxhandschuh schoss sofort heraus. „Nicht die Schleudersitzautomatik!“, rief Inspektor X. Zu spät.

Schon wurden sie beide weit hinauf in den Himmel geschossen. Dann fielen sie hinunter. Dem Ozean entgegen. Zum Glück im Unglück lösten sich die Handschellen. „Die Heeelmeee!“, rief Inspektor X aus Leibeskräften. Ja, das war die Rettung. Schnell aufgesetzt und gezündet, bremsten die Flughelme den Absturz. „Natascha ist bestimmt über Satoba abgesprungen!“, rief Wusch, „Vielleicht

kommen wir mit unseren Flughelmen so weit!“ Inspektor X nickte: „Wir müssen es versuchen!“ Es dauerte nicht lange, da war die Insel mit den zwei Bergen schon zu sehen. Und kurze Zeit später landeten Inspektor X und Wusch an einem Strand.

„Uff!“, sagte Inspektor X, „Da haben wir ja noch mal Glück gehabt, die Flughelme sind völlig überhitzt und hätten uns keinen Meter weiter getragen!“ Die beiden Berge der Insel lagen direkt vor ihnen. Sie waren hoch und schwarz. „Irgendwie unheimlich, oder?“, sagte Wusch. Und so war es auch. „An einem der beiden Berge wächst es. Das Schnarchum Arabicum, das Charlie für seine Lilien benutzt!“, sagte Inspektor X und musste an Professor Kniff denken. Er würde bestimmt einiges dafür geben, einmal auf Satoba zu sein. „Dann müssen wir wohl hinauf!“, rief er Wusch zu und ging beherzt drauflos. Wusch hatte eine andere Idee.

Wie lassen sich die Berge leichter erklimmen?

„Lass uns die Esel nehmen!“, rief Wusch. Es war eine gute Idee. Die Esel waren die Landschaft gewöhnt und trugen Inspektor X und Wusch mühelos den Berg hinauf. Es machte ihnen offensichtlich Freude. Der Weg wurde immer schmaler und bald war er nur noch ein Pfad. Die Esel schienen sich hier auszukennen.

Plötzlich waren Stimmen zu hören. „Runter!“, zischte Inspektor X. Er und Wusch sprangen von den Eseln und versteckten sich hinter einem Felsen. Vorsichtig linsten sie hervor. „Unglaublich, wie viele Mitarbeiter Charlie inzwischen hat!“, flüsterte Inspektor X.

Es stimmte. Auf dem Berghang zwischen den beiden Vulkanen waren unzählige Leute damit beschäftigt, Schnarchum Arabicum zu ernten.

Natürlich hatten alle Melonen auf den Köpfen. „Diese Menge des Arabicums reicht bestimmt, um den ganzen Erdball einzuschläfern!", flüsterte Inspektor X. Auffällig war auch, wie ruhig es hier war. Außer einem leisen Stimmengemurmel war nichts zu hören. „Was sollen wir tun?", fragte Wusch. „Wir müssen herausfinden, wo sie das Arabicum hinschaffen!", sagte Inspektor X, „Vielleicht können wir den Weitertransport verhindern!"

„Ich habe so ein seltsames Gefühl!“, sagte Wusch. „Wir müssen sehr leise sein. Es gibt irgendeinen Grund, weshalb hier so eine unglaubliche Stille ist!“ Inspektor X nickte und zeigte mit einer Fingerbewegung an, dass sie um den Berg herumgehen sollten. Er stand auf und strich dem Esel über den Kopf. So viel Freundlichkeit hatte der Esel nicht erwartet. „I-aa!“, rief er freudig und laut. Was nun geschah, war unglaublich. Es schallte von den Bergen zurück. Tausendfach. Hunderttausendfach und laut. I-a! I-a! IIIII-aaaaaa!!!! Alle Melonenköpfe drehten sich um und starrten Inspektor X und Wusch an.

Was können Inspektor X und Wusch tun?

„Die Flughelme!“, rief Inspektor X, aber es war zu spät. Die Melonenköpfe hatten ihn und Wusch schon eingekreist. Sie waren deutlich in der Überzahl. Inspektor X und Wusch hatten einfach keine Chance zu entkommen. Ruckzuck wurden sie gefesselt und abgeführt. Hinter einem Felsvorsprung verbarg sich eine geheime Tür. Sie wurden durch einen langen schmalen Gang geführt, bis sie schließlich ein lautes Lachen hörten. Es kam ihnen bekannt vor. Natürlich war es Charlie Klamotte. Doch weder Inspektor X noch Wusch hätten sich ein Wiedersehen so vorstellen können.

Ganze Berge von golden glänzendem Schmuck, Perlen und Geldscheinen umringten ihn. Charlie selbst kriegte sich gar nicht mehr

ein vor Lachen! „A-hahaha! Das Geld liegt auf der Straße, hat mein Vater immer gesagt! So ein Blödsinn! Es liegt in den Wohnungen, a-hahaha!“ Als er Inspektor X und Wusch sah, erstarrte sein Lachen für einen Moment. Charlie verzog sein Gesicht zu einer säuerlichen Fratze: „Nicht schon wieder Sie beide! Sie sind wirklich unangenehm!“, sagte er. Dann zeigte er mit ausgebreiteten Armen auf seine Schatzkammer.

„Ich muss anbauen! Ich weiß schon nicht mehr wohin mit dem Plunder! A-hahahaaa!“ Inspektor X sah ihn grimmig an: „Das ist Diebesgut, Charlie! Die Sachen gehören dir nicht!“ Nun spielte Charlie den Beleidigten. „Mir oder dir – seien Sie doch nicht so kleinlich, Inspektor! Was kann ich dafür, dass mir die Leute die schwarzen Lilien geradezu aus den Händen reißen? Sie sind verrückt danach! Dann schlafen sie ein Weilchen, und wenn sie wach werden, – zack – hab ich sie von den Sachen befreit, die sie sowieso loswerden wollten, haha!“
Während Charlie sprach, machte Wusch eine interessante Entdeckung.

Was hat Wusch entdeckt?

Ingrid

„Ist das nicht Tante Ingrids Feuerzeug?", flüsterte Wusch, und da entdeckte Inspektor X es auch. Er nickte Wusch zu. Charlie trat näher an Inspektor X und Wusch heran. „Nehmen Sie es nicht persönlich, meine Lieben! Aber ich muss Sie loswerden!", säuselte er, „Das müssen Sie doch verstehen! Am liebsten für immer! A-hahahaha!" Wieder einmal konnte sich Charlie gar nicht mehr über seinen eigenen Witz beruhigen. Er fand ihn einfach großartig und rang nach Luft um weiterzusprechen. „Ha-ha-ha-haben Sie noch einen letzten Wunsch?", brachte er gerade so heraus.

Inspektor X brauchte nicht lange nachzudenken. „Ja, den haben wir!“, sagte er, „Das goldene Feuerzeug! Sie haben es der Freundin meiner Tante gestohlen, Charlie! Ich will es wiederhaben!“ Charlie wurde schlagartig ernst: „Hören Sie, X!“, sagte er, „Der große Charlie Klamotte stiehlt nicht! Ist das klar? Ich lasse stehlen!“ Und schon brach er wieder in schallendes Gelächter aus.

„A-hahahahahaaaa! Wenn's weiter nichts ist, a-hahahaha, als ein ... haha ... Feuerzeug! Der Wunsch sei erfüllt!“ Mit diesen Worten schob er Wusch das Feuerzeug unter die Kappe.

„Es wird Ihnen nicht mehr viel nützen! A-hahahahahaa! Kommen Sie, ich zeige Ihnen etwas Großartiges!“ Charlie ging voran und Melone achtete darauf, dass Inspektor X und Wusch ihm folgten. Charlie hatte sich hier, an diesem einsamsten Ort der Welt, sein kleines Königreich aufgebaut. Mit allen Raffinessen. Aber was Inspektor X und Wusch nun sahen, hätten sie wirklich nicht für möglich gehalten. Es war ein richtiges Raumfahrtzentrum! „Eine Leidenschaft von mir!“, säuselte Charlie, „Schon als Kind habe ich immer mit Raketen gespielt!“

Was hat Charlie vor?

6

Eine unglaubliche Aussicht und ein zündender Einfall

„Ich schieße Sie beide einfach auf den Mond! A-hahahahaa!“, rief Charlie und musste so sehr lachen, dass ihm die Tränen über die Wangen liefen. „Stellen Sie sich das nur vor! Der berühmte Inspektor X und sein Köter – zack – auf dem Mond! A-haaaaa!“ Melone schubste Inspektor X und Wusch in die Rakete. Aller Protest nutzte da wenig. „Nie wieder werden Sie mir ins Handwerk pfuschen!“, rief Charlie glücklich und zufrieden und warf von außen die Tür der Rakete zu. Mit erhobenem Daumen zeigte er seinen Leuten an, dass der Countdown beginnen konnte.

„Zehn-neun-acht ...“, war eine Lautsprecher-ansage zu hören. „Wie gut Charlie zu uns ist“, sagte Inspektor X sauer, „Wir sind schon lange nicht mehr im Weltall gewesen, was, Wusch?“ Das stimmte natürlich. Charlie kam noch einmal an die Rakete heran: „Betrachten Sie sich gut die Erdkugel, Inspektor! Vor allem Europa! Vielleicht fällt Ihnen etwas auf! Haaaahaha!“ „Drei-zwei-eins-null!“, war zu hören, dann starteten die Triebwerke. Inspektor X und Wusch schnallten sich an und die Rakete bretterte los. Charlie winkte ihnen hinterher, wie ein Vater seinen Kindern. Die Rakete war eher ein Wrack.

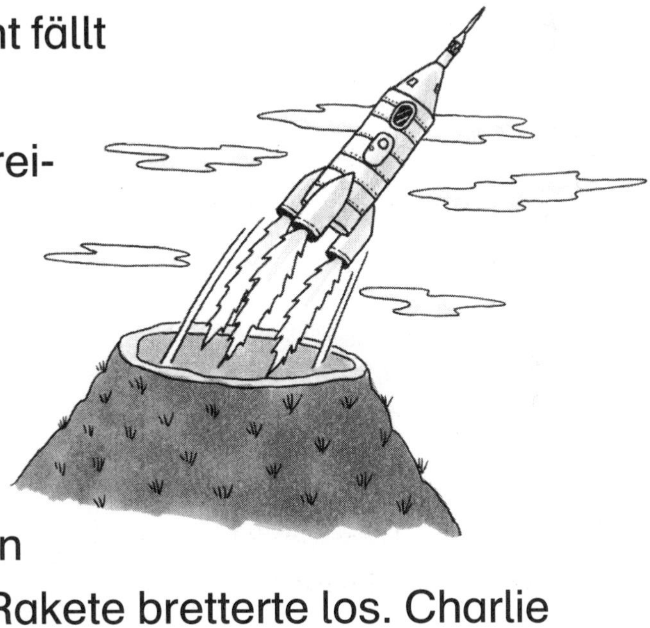

Es schepperte an allen Ecken und Enden. Charlie schien nicht besonders viel Wert auf Qualität zu legen. „Hoffentlich bricht sie nicht auseinander!“, rief Inspektor X, gerade als sie die Schallmauer durchbrachen. Es dauerte nicht lange, und die Rakete verließ den Planet Erde. Inspektor X und Wusch schnallten sich ab und schwebten in Schwerelosigkeit. „Unsere gute alte Erde!“, sagte Wusch. Er sah aus dem Fenster. Es war wirklich ein unglaublicher Anblick. Auf der Nachtseite konnte man sogar die Lichter brennen sehen. „Moment mal!“, sagte Inspektor X, „Ich glaube, das hat Charlie gemeint!“

Was hat Charlie gemeint?

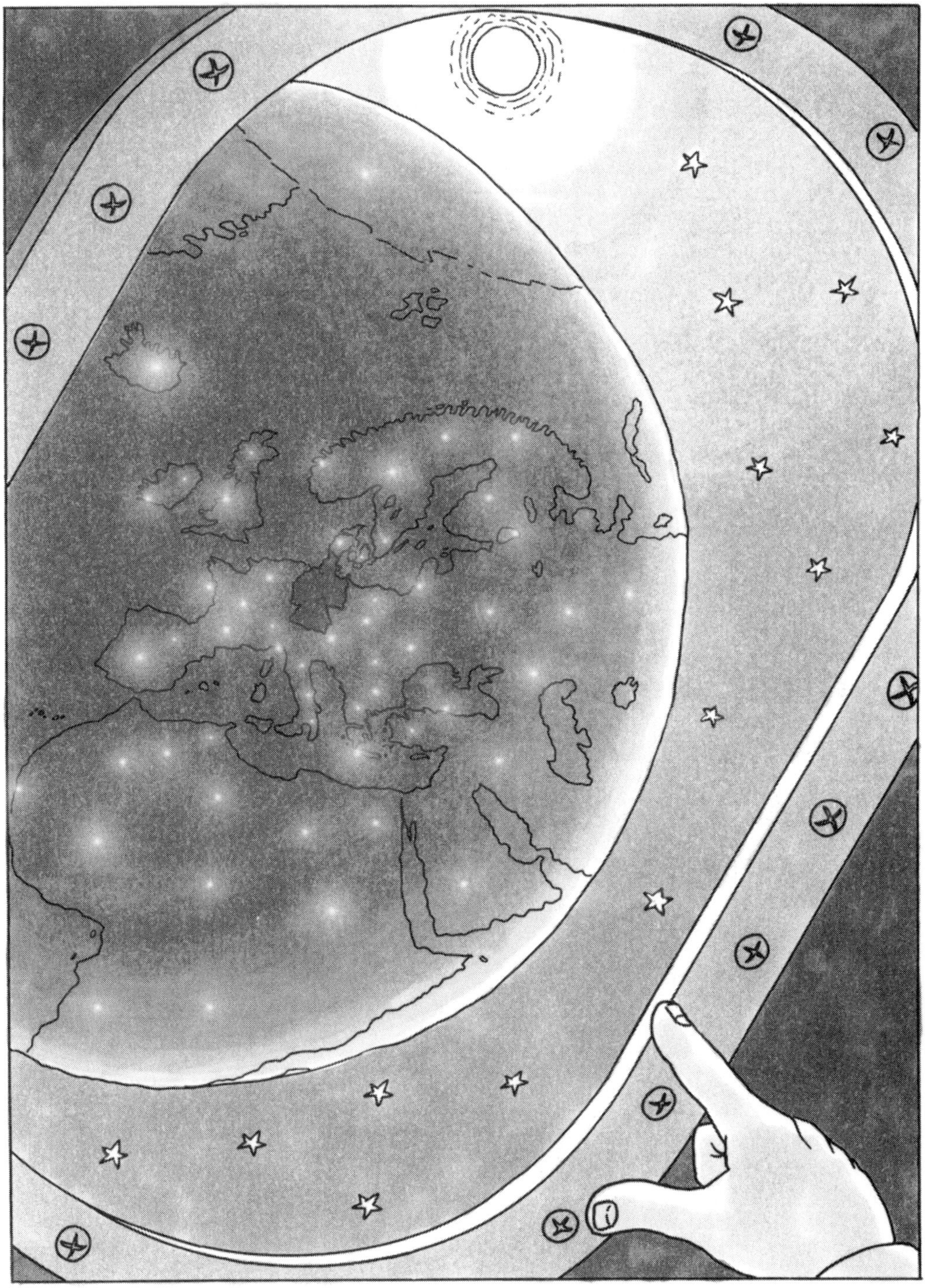

„In ganz Deutschland brennt kein einziges Licht mehr! Charlie hat das ganze Land in Tiefschlaf versetzt und räumt es aus!“, sagte Inspektor X, „Darauf ist er also so stolz!“
Wusch schaute sich inzwischen die Elektronik des Raumschiffs an. „Wenn ich irgendwie die Flugautomatik ausstellen könnte!“, sagte er. Es waren unglaublich viele Knöpfe und Wusch war sich nicht sicher, welchen davon er betätigen sollte. Inspektor X fand es wunderbar, schwerelos durch die Rakete zu schweben.

„Guck dir das an, Wusch!“, rief Inspektor X und machte mühelos einen Purzelbaum.

Ohne es zu bemerken, tippte er dabei mit dem Fuß an einen Schalter. Die Rakete änderte augenblicklich den Kurs. „Sie dreht!", rief

Wusch begeistert, „Die Rakete dreht! Wir fliegen wieder Richtung Erde! Wie hast du das nur gemacht, Inspektor X?" Inspektor X zuckte mit den Schultern: „Keine Ahnung!" Die Erde kam rasend näher. „Wir werden die Rakete nicht bremsen können", sagte Wusch, „aber ich kann sie knapp an der Erde vorbeisteuern und wir springen mit unseren Flughelmen ab!" „Alles klar!", antwortete Inspektor X und setzte seinen Flughelm auf.

„Ich sehe Satoba!“, rief Inspektor X. „Dann nix wie raus!“, rief Wusch und drückte mit seinem ganzen Körpergewicht von innen gegen die Raketentür. Aber sie ließ sich nicht öffnen. Die Rakete sauste jetzt schon in die Erdumlaufbahn. Inspektor X half Wusch – vergebens! „Vielleicht hat Charlie die Tür von außen verschlossen!“, rief Inspektor X und zog eilig Kniffs Schlossknacker hervor. Die Tür sprang auf! In der allerletzten Sekunde! Inspektor X und Wusch sprangen hinaus und zündeten dabei ihre Flughelme. Die Rakete sauste davon ins All. „Sieh dir das an!“, rief Inspektor X und deutete auf den Vulkan.

Was meint Inspektor X?

„Der Vulkan raucht! Wenn wir ihn zum Ausbruch bringen könnten, hätte Charlie kein Schnarchum Arabicum mehr!“, rief Inspektor X zu Wusch hinüber. Ohne nachzudenken zog Wusch Tante Ingrids Feuerzeug unter dem Helm hervor.

„Versuch’s mal hiermit!“, lachte Wusch und warf es Inspektor X zu. Doch Inspektor X griff daneben und verpasste es. Das Feuerzeug fiel direkt in den offenen Krater des Vulkans. Nach wenigen Sekunden geschah es: Der Vulkan spie riesige Lavamassen, glühend rot und kochend heiß, hoch in die Luft.
Inspektor X und Wusch sahen zu, dass sie davonkamen.

„Sieh dir das an, Wusch!“, rief Inspektor X und deutete auf die Felder mit dem Schnarchum Arabicum. Die heiße Lava floß darüber hinweg und vergrub alles unter sich!
In diesem Moment begann Wuschs Flughelm zu stottern, und einen Moment später der von Inspektor X. Beide sausten nach unten und landeten mit einem Platsch im Meer.
„Gut, dass ich meinen Freischwimmer gemacht habe!“, sagte Wusch. Inspektor X schwamm

neben ihm: „Aber bis zur Wüste Salmatech ist es weit!“ Sie sahen sich an und hatten im gleichen Moment den gleichen Gedanken: „Den Kniffomat drücken!“, sagten sie gleichzeitig.

„Ähm, also, ich habe nur sehr wenig Zeit!“, sagte der Professor, als er kurze Zeit später mit einer Flugscheibe angeflogen kam. Inspektor X und Wusch stiegen bei ihm auf. Über ihnen war ein wahres Flugzeuggewirr zu hören. Charlie Klamotte und alle seine Mitarbeiter verließen die Insel. Charlie war die schlechte Laune anzusehen. Natürlich war es ein harter Schlag für ihn. Er steuerte einen Helikopter. Neben ihm saß Natascha. Als er Inspektor X, Wusch und den Professor auf der Flugscheibe sah, fiel ihm sofort eine Bosheit ein!

Was hat Charlie für einen teuflischen Plan?

C.K.
AIR
C.K.
PASSIER-
WASSER

„Nein!“, rief Inspektor X entsetzt, „Nicht das Rasierwasser!“ Er und Inspektor X drehten sich schnell zur Seite. Aber Charlie goss den Inhalt der ganzen Flasche herunter. Es traf den Professor! Und wie! Er tropfte von Kopf bis Fuß. „Sehr interessant!“, sagte er, als er geschnuppert hatte. „Vielleicht ein wenig zu dings ... ähm .... zu süßlich, oder?“, fragte er.

Inspektor X und Wusch mussten lächeln. „Nur ein wenig!“, schmunzelte Inspektor X. Dann brauste der Professor mit seinen Freunden auf der Flugscheibe davon.

„Ist heute Mittwoch?“, fragte Inspektor X plötzlich. „Natürlich!“, antwortete Wusch, „Wir haben noch einen Termin!“ Kurze Zeit später saßen

Inspektor X und Wusch bei Tante Ingrid am Kaffeetisch und feierten ihren Geburtstag nach. Natürlich war Petra auch da und es wurde viel gelacht. „Endlich bin ich einmal richtig ausgeschlafen!“, gackerte sie. Da läutete es an der Haustür. „Nanu? Noch ein Gast?“, sagte Tante Ingrid überrascht und ging zur Tür. Einige Momente später führte sie ein junges Mädchen ins Zimmer.

Inspektor X blieb buchstäblich die Spucke weg und auch Wusch traute seinen Augen nicht. Es war Natascha! Sie hielt etwas in ihrer Hand. „Ich glaube, das gehört dir, Inspektor X!“, sagte sie und reichte ihm Tante Ingrids Feuerzeug. „Das Einzige, was ich retten konnte bei dem Vulkanausbruch!“, sagte sie lächelnd. Inspektor X stockte der Atem. Er wollte gerne etwas sagen, aber irgendwie klappte es nicht. Er sah nur in Nataschas Augen und lächelte glücklich. „So ein nettes Mädchen!“, sagten Ingrid und Petra gleichzeitig. Da verschluckte sich Wusch an der Erdbeertorte.

Kehrt Inspektor X zurück?

Natürlich!
In einem neuen spannenden Abenteuer!